KB071731

花中蜂心

내 마음을

선생님께 드립니다

최유식

청어詩人選 411

아내

최
유
식
시
집

청어

아내

최유식 시집

시인의 말

입시 학원에서 오랜 시간 국어 강의를 하다 보니 마음의 여유가 사라지고 바쁘기만 했던 시간을 되돌아보는 시간이 필요해졌다. 북적이는 사람들 사이에서 언제나 그리움을 가지고 살아가는 나를 발견한 후 시를 쓰기 시작했다. 시집을 내는 것이 매우 두려웠다. 못난 글을 세상에 내놓기가 두렵기만 했지만 못난 자식도 자식이라 생각하고 시집을 밝은 햇빛 아래 드러내기로 했다. 마음을 글로 옮기는 것은 그 마음을 가다듬게 만들고, 시를 쓰며 감정을 되짚어 볼 수 있다.

단어를 신중히 고르는 것이 좋고, 문장들이 어우러지는 것을 보며 행복감을 느낀다.

  누군가 나에게 시를 왜 쓰느냐고 묻는다면 "그냥 쓸 수밖에 없다"라고 답할 것이다.

  글을 쓴다는 것은 나의 모든 시간을 풀어내는 과정이다.

  그리움, 슬픔, 환희 모든 것이 글에 담긴다.

  나는 이 책을 통해, 나의 지난 시간부터 지금까지의 시간과 감정을 한데 묶었다.

  최유식

차례

제1부

봄비 내리는
새벽

제2부
겨울 찻집에서

제3부

비 오는 날

제4부

새벽 풍경

아내

최유식 시집

제1부

봄비 내리는
새벽

바람벽에 걸린 꼴망태, 헛간에 나뒹구는 지게에는
터지고 갈라져 굳은살 박힌 몸에
아픈 세월을 수행으로 견디어 오신
열한 식구 둥지를 지키시려는 아버지 눈물이 고여 있었다.

處暑

잦아드는 매미 울음소리에 여름은 가고
밀려오는 태풍에 여름은 울어라.

붉은 노을 스러지면 어스름 깔리고
산봉우리 뒤에서 밝은 달 솟아온다.

오가는 술잔에 세월은 쉽게 가는데
올 여름 무더위 발걸음은 무겁기만 하다.

애달피 우는 매미 울음에 무더위 내어주니
미루나무 푸른 잎에 청개구리 몸을 누인다.

새벽녘 處暑 기운 싱그러워
얼굴 없이 오는 절기에 몸을 뉘어 본다.

배롱꽃

가을은 밀물처럼 오는데
한여름 염천에 얼굴이 빨갛게 익은
배롱나무꽃 달빛에 젖는다.

바람이 꽃 그림자 휘젓는 밤
어두운 가슴 속에 지는 달무리 지고
소슬비 내리는 가슴 안고 잠들고 싶어라.

가을 오는 문턱에서 잠 못 드는 것은
저 멀리서 들려오는 그리운 목소리
떠나간 벗 때문이라오.

누님

야삼경 동네 빨래터 가는 길
밤마다 달빛은 미루나무 잎새 위에 잠드는데
청개구리는 잠 깨우려 노래하는가?

한낮의 피곤함을 방망이 실어
빨래소리 물소리 담아
함지박에 한가득 이고 오가는 길

벼 포기도 기억하는 누님의 발자국 소리
헤아릴 수 없이 찍힌 그 길이
달 밝은 밤이면 더욱 그립습니다.

달빛 젖은 못 물가 그 길이.

개 짖던 밤 (누님)

열아홉 곱던 누나의 얼굴도
어느새 저녁노을이 물들고
굽어진 허리는 울 할매 닮아가네.

마른 등걸 같은 손
마디 굵은 손가락마다
고된 삶의 흔적이 숨어있다,

소주잔을 기울이며 밤을 새워
우려내는 옛이야기는 쉼이 없어
따듯한 아랫목 이불 속에 묻어두고
새파란 추위에 얼음 갈라지는
쩌엉 소리에 잠을 잊은 누님.

꾹꾹 눌러 담는 고향 이야기 봉지 속에
아버지, 어머니 형제들 짐들던 개 짖던 밤
끝내 누님의 눈에는 이슬이 맺히더이다.

배경이 되는 일

바닷가 바위섬
청춘 남녀의 뒤로 가다가
찰칵, 내 뒷모습이 찍혔네.

바위섬과 같이 배경이 되어
인화지 위에 납작하게 눌러붙었다.

납작납작 평평하게 들어앉아
디카 속에 밀어 넣고
갇혀 있어도 답답하다 말 못 하고
웃고 있는 모습은 냉가슴을 앓고 있다.

나와 바위섬을 밀어 넣은
핸드폰을 손에 들고
포말이 부서지는 바위섬에
하얀 웃음을 남기고 떠난다.

삶의 쳇바퀴 속에
누군가의 주인공이 되고
때로는 배경이 되어 살아가는
우리들 모습이다.

초생달

새까만 밤이
보름달을 한 잎 베어 먹었다.

그리고,
어매 닮은 눈썹을
밤하늘에 걸었다.

석모도의 저녁

석모도 노을은 유난히 아름답다.
노을 손짓에 이끌려
전어 회 한 접시 막걸리 한 잔에
마음이 알큰해져서 눈썹 바위에 오른다.

낙가산 정상에서 바다를 바라보며
바람이 바다에 그리는 사연을 읽다 보며
연기설화에 담긴 불도를 생각해 본다.

미움도 고뇌도 비웃음도 비우고
암시롱 치도 않게 살아야 하는데
어쩔거나, 생에 집착하는 나를
돌덩이를 한꺼번에 쏟아 냈으면 좋으련만

바람이 바다에 남긴 사연을 읽으며
아프게 찢어내는 갈매기 울음소리에
지나온 삶의 무늬를 들추어 본다.
그리고 단단해진 마음을 추슬러 본다.

노을은 장삼 자락이 되어 고뇌에 빠진
나를 위로한다.

대부도와 제부도 사이

연애 시절과 신혼 때는
죽고 못 살던 부부 사이가
언제인지 모르지만
우리 둘 사랑의 거리는
대부도와 제부도 사이가 되었네.

눈물이 바다보다 더 깊은 나이에
사랑하는 사람의 거리는 이만하면 좋지.
바닷물 가득 찬 대부도와 제부도 사이만큼
닿을 듯 닿지 않아 애타게 서로 바라보다가
썰물 때 다시 만나는 하루 두 번이면 되지 않겠나.

자주 섭섭해 큰 소리 내고
그러나 서로에게 물리지는 않는
서러움과 기쁨이 교차하는 생활 속에
그래도 바닷물 양보다 은근한 사랑은 깊어만 간다.

국수

국수를 삶는다.
혈당이 무서워 좋아하면서도
먹기가 두려운 국수.

연약하지만 뻣뻣한 국수 가락
팔팔 끓는 물에 들어가면
수양버들 가지마냥 흐드러져
부드럽기 한이 없다.

얼음물에 비벼 빨면
탄력 있는 보드라움이 쫄깃하다.

똬리 모양 둥글게 말아
놋대접에 놓인 순백의 고운 살결
살얼음 뜬 콩 국물 붓고 오이채 썰어 얹고
당근 채 얹어 놓고 찐 달걀 반쪽 살짝 놓으니
한 폭의 그림이라.

국수는
사랑하면서도 두려워
하루하루 쫄깃하게 살게 하는
때로는 살가운 마눌님 모습이네.

오가는 손에게 손쉽게 대접할 수 있는
놋그릇에 놓인 보드러운 하얀 국수처럼 사시게.

나무가 흔들리는 것은

한 곳에서 붙박이로 살아
서러움 안고 푸른 삶을 살아
답답한 가슴의 불을 끄려고 가지를 마구 흔든다.
넓은 세상으로 나아가려 몸부림쳐도
발이 묶여 한걸음도 나가지 못해 절망만 일렁인다.

때로는 꽃을 피우고 열매도 맺고
푸른 그늘을 쳐 마음을 다스려 보지만
그래도 닿지 않는 그리움 때문에
비와 바람 불러와
매일 매일 소식을 물어 가슴 저린 설움 달래보지만
푸른 울음 달랠 길 없어 자지러지게 흔들다가
몸에 상처를 낸다.

맨발 걷기

발바닥에 닿는 왕모래 아프다.
엉거주춤 걷다 말고 신발을 신었다.

비 오는 날
흙이 부드러울 것 같은 생각에 신발을 벗었다.
굵은 모래알이 흙속에 묻혀 걸을 만하다.

빗물에 묻어나는 흙냄새
발가락 사이로 흙이 삐져나오고
고인 빗물이 발등을 간지를 때
몸을 타고 오르는 전율이 상쾌하다.

찰방찰방
발걸음에 튀는 물방울
흙의 부드러움과
몸의 아픔이 어우러진다.
내 몸에 쌓인 활성 산소를 흙속에 보낸다.

쌓인 독소를 몸 밖으로 내보내는
맨발 걷기는 삶의 여정을 닮았다.

짙게 풍겨오는 솔 향이 싱그럽다.

아버지

아버지 따라가 맨 따비 밭.

쇠비름 바랭이 뽑아내야 맨살 드러나는 한참갈이 밭
한 뙈기.

일평생 이루신 논 스무 마지기 밭 3000평.

8남매 자식들은 거머리 같이 달라붙어 빨아먹었습니다.

그것이 아버지의 피인 줄도 몰랐습니다.

한평생 질긴 더위와 된바람 속에서도

한 그루 느티나무처럼 살아오신 아버지.

당신 속 파먹는 벌레는 보지 못하시고

밥보다 막걸리 한 잔이 더 편하다 하시며

끝내 밥 한 술 넘기지 못하시고

꿈틀거리는 위를 움켜잡으시며 텅 빈 들 낮 붉은
노을 아래

　바람에 날리는 검불처럼 가셨습니다.

　마지막 날까지 정신 줄 놓지 않으시고 또렷한
정신으로

　아들아, 남보란 듯이 잘 살기를 바라지 않는다.

　악착스레 살지 말아라. 마음 가는 대로 수월하게
살아라.

　애야, 저기 저승사자가 기다리는구나. 나는 저 배를
타야만 한다.

　곤하구나, 마지막 말씀을 남기신 채,

　남은 아버지 땅 선산으로 드셨습니다.

　천수답 마른 논에 물 대려 용두레질 할 일 없고

새벽녘 물꼬 보러 가실 일 없는 그곳으로 가셨습니다.

어젯밤 꿈에 당신을 보았습니다.

밝은 당신 모습이 보기 좋았습니다.

아부지.

아버지 2

푸른 정맥이 툭툭 불거진 아버지 손등은
헝클어진 세월에 포획된 채 고단한 삶을 살아오셨다.
여윈 몸에서 묻어나는 푸르른 정기로
밤마다 부서지는 바람을 견디어 내셨다.
어둠에 싸인 기나긴 세월을 더듬어 찾아
잔설처럼 내려앉은 시간 속에서 아버지를 만난다.

천자문 속에 숨은 아버지의 회초리 매웠고
소학 속에 숨은 아버지 장죽에는 따스한 미소가
흐르고 있었다.
왕사탕 먹고 싶어 칭얼대는 어린놈에게
조각난 사탕에 아버지 울음이 묻어나는 것을
어린놈은 왜 몰랐을까?

약병아리 살찐 다리 찢어 막걸리 한잔을
여덟 살 아들에게 건네는 거친 손에 담긴 사랑은
봄날의 따뜻한 햇살로 뒤란에 차곡차곡 쌓여 있었다.

바람벽에 걸린 꼴망태, 헛간에 나뒹구는 지게에는
터지고 갈라져 굳은살 박인 몸에
아픈 세월을 수행으로 견디어 오신

열한 식구 둥지를 지키시려는 아버지 눈물이 고여
있었다.

하늘로 오르는 방패연 따라가면
여린 심장에 아버지 세월이 낙관처럼 찍힌다.

현충원에서 (형님을 그리며)

그리움은
눈물로 화병을 채우고
흰 국화꽃 향기에 당신을 담아 봅니다.

나는 싸웠노라.
월남의 포탄 속에서 태극기를 휘날리며
화랑의 후예답게 자유를 위해 싸웠노라고
차디찬 빗돌은 나의 영혼을 흔들어 깨웁니다.

10시의 포성은 적막 속에 흩어지고
나는 차디찬 빗돌이 되어
당신과 무언의 대화를 나누어봅니다.

당신이 가신 지 어언 40여 년.
오랜 세월 당신을 뵙지는 못했지만
낯설지 않은 까닭에 한 잔 술을 올립니다.

당신께서 그렇게 드시고 싶어 하시던
막걸리 한 잔을.

어머니 젯날

나른한 봄날 빠르게 가고
소쩍새 울음 비껴가는
검은 내 떠돌던 밤에
몰아 쉰 당신의 한숨이 차갑게 떨어지고.

당신이 떠난 말마저 잊은 밤이 서러워
소리 없이 봄밤은 가슴앓이한다.

빗겨 흐르는 빗줄기 따라
꽃잎이 떨어지던 밤.

나는
오늘 밤 어머니를 마주 보고 있다.

봄비 내리는 새벽

차갑게 내리는 봄비에
여린 가지 넓넓이 울고
연못에 바람이 불어 지문처럼 물결이 번진다.

창을 열고 쓸쓸히 봄비를 바라보는데
오마는 님이 없어 찬비에 마음만 젖는다.

소소리 바람 불고
소나기 후득득 떨어지던 날.

외딸 진 아무도 찾지 않는 길 옆
봉긋한 아내의 젖무덤 같은
마르지 않은 봉분에 흐르는 진흙물은
이승을 떠도는 당신의 눈물.

골목 안 노상 풍경

비 오는 날
부천역 광장 골목
우산 네 개로 만든 조그마한 아방궁
허리 굽은 할머니가 고단한 몸을 담고 있다.
비름나물 한 움큼, 상추 한 소쿠리, 꼬부랑 오이 댓 개
시든 열무 한 단, 완두콩 한 되가 할머니 곁에서 졸고
있다.

우산 두드리는 빗소리 자장가 삼아
소녀적 꿈은 엷은 미소로 졸음 사이를 오고 가고
손자 놈 어릿짓에 오목한 볼만 오물거린다.

할머니 허연 머리는
삶의 무게만큼 무겁게 열무 단 아래로 내려앉는다.

제2부

겨울 찻집에서

보리 한 알 구할 수 없어
할 일 없이 아궁이에 불 지피며 맹물 데우는
엄니는 부황 든 어린놈 위해
보리 개떡도 사치스러워 입에 넣지 못하고
냉수 한 그릇 들이켜고 장독대에 앉아 울었다.

아들에게 (군 입대하는 아들에게)

사랑하는 여인의 살결 같은 막걸리를
빛나는 눈동자를 마주하며
투박한 잔에 투박한 언어를 나눠 마시고

막걸리 빛 여인의 살 내음을 코끝에 매단 채
새로운 가족을 찾아간다.

위국충정의 철갑을 입고
교목으로 우뚝 서라는 새끼손가락 걸어
번지는 눈물 자국을 지울 수 있었다.

나는 거센 물살에도 동해를
꿋꿋이 지키는 독도가 되리라.

북악의 맑은 정기 훑어 가슴을 씻고
한낱 작은 병사의 미약한 힘일지라도
북악을 지키는 밑거름이 되거라.

검은 대지 위에서
먹구름이 비바람이 흩어질 때
기름진 대지 위에 피는
아름다운 꽃의 거름이 되거라.

무제 (입대한 아들 여친이 떠난 날)

아파만 할 수 없다.
나는 20대 대한민국 군인이다.

사랑은 아니었어.
그냥 우정이었지.
이별은 그래서 무의미한 거야.

푸른 제복을 벗고
세상에 돌아가는 날
우정은 또 다시 피어날 거야.

눈물은 무의미한 거야.
마음 아파하지 말자.
나는 20대 대한민국 청년이다.

무제 2

가느란 황토색 풀어진 길 끝에
비탈에 기대어 서 있는 잿간에는 갓 퍼낸
재들이 오손도손 아침 햇살을 즐기고
햅쌀로 갓 지어낸 밥 내음이 피어나는
초가집 울타리에 기대어 서 있는 감나무 두 그루에
파랗게 시린 허공에 까치밥 서너 개가
엄마 마음처럼 따듯하게 매달렸다.

길게 풀어진 매운바람 따라 눈가루 날리고
가지 끝에 안간힘을 쓰며 매달린 감은
하얀 바람이 사립문을 흔드는 날
가시고기처럼 남은 살점마저
파랗게 언 하늘에 매달려 까치에게 내주고 있다.

동짓밤

동짓달 깊은 밤은
한 장 남은 달력에 떨고 있다.

바람은
삶을 조각조각 실어 가
세월 속에 묻어 아련한 기억으로 남긴다.

동지 밤은 시간을 보내기 싫어
된바람 한기에 깨여 잠을 설치고
나도 한 해를 보내기 싫어 뜬눈으로 밤을 새운다.

아내

세월의 무게만큼 허리는 굵어지고
살진 수밀도처럼 봉긋한 가슴은
네 아이 양분이 되어 탄력을 잃었다.

새시악시 부끄럼은 고양이 눈초리 속에 숨어들고
목주름이 늘어날수록 잔소리도 늘어간다.

지금은
아내의 잔소리가 자장가 되고
식탁 위 반찬이 된다.

마디진 손가락에 지난 세월을 더듬어 보면
오히려 탄력 잃은 가슴이 아름답다.

祝 壽宴(獻詩)
- 아내의 壽宴에 부치는 노래

오늘은
당신이 60번째 귀빠진 날.
당신을 만난 지 반백 년이 다 되었네.

장춘공원 너머 남산 길을 돌아
한강 길을 걸으면서 나누었던 어제를 동여맨 시간들이
속살거리듯 귓가에 맴돈다.

무덥던 여름날 함께 걸었던 몇 시간이
처음이라 낯설고 숫기 없던 우리가
빛의 속도로 가까워질 수 있었고
무언가 새로운 기대를 갖게 만드는 힘이었나 보다.
우리는 그렇게 첫 새벽 아침을 열었다.

오월 나뭇잎처럼 푸르르고
오월 장미보다 아름다웠고
오월 하늘을 수놓는 바람처럼 싱그러웠던 당신이기에
수많은 해충들이 날아들었지.

사랑은 바람 한 자락 불면 휙 날아가는 것이 아니다.
햇솜 같은 마음을 다 퍼부어 준 다음 마침내 피워 낸
저 황홀함에
데일 것 같은 사랑은 마침내 가장 아름다운 꽃을
피웠지.
8월의 염천보다 뜨거웠던 사랑은
목동과 술남미 처녀와 사랑보다 아름다웠다.

당신은
흥부네 가난이 내 것이었을 때도
햇살 같은 해말간 웃음을 잃지 않았고
소쿠라지는 물살 위를 걸을 때에도
불타는 세월에도 우뚝 서 있는 교목이었다.
당신은
한여름 염천 불사르며 선홍빛 꽃판을 벌리던
나이배기 목백일홍 같이 꽃 밝은 기운이 감돌고
해 뜨고 달 지고 갈 바람 지나는 길에
곱게 피어난 아름다운 황국화라오.

가을 깊어 가는 소래산 자락 아래
조촐히 수연을 축하하는 자손들과
넘기 힘든 60고개 무사히 넘었으니
추한 꼴 보이지 말고 남의 신세 지지 않는
인생의 잔고를 그저 바쁘지 않게 살아가세나.

먼 훗날
신비로운 모나리자 미소처럼
어느 곳에서 보아도 마주 보며 짓는 미소처럼
나는 당신과 어느 장소에 있듯
봄날 벚꽃 환하게 핀 날 손 꼭 잡고
오래 동안 마주 보며 웃고 싶네.
서로에게 지팡이가 되고 싶네.

2016년 9월 10일(음력)

아내 2

샛바람이 따스한 이불로 스며들면
된바람 되어 옆자리가 서러웁다.

어슴푸레 그려지는 얼굴은
눈도 코도 입도 없다.

얄팍한 꿈속에 드러나는 모습
깜박이는 등불처럼 희미한 기억들
서로 속삭일 수 없어 안타까워
잡아보려 손을 내밀지만
얄궂게 빈 공간만 허우적거린다.

간사스런 샛바람은 봄을 몰아오는데
원앙 놓인 이불 한끝에 삭풍이 인다.

혼술 (혼자서 술 마시는 것)

酉時가 되니
어제의 시간들이 뒤척인다.

날마다 만나건만
정은 새록새록 돋아난다.

날마다 나를 유혹하는 이슬이
떨리는 마음으로 너를 잡고
너의 입술을 깊게 빨아들이면
세상은 모두 내 것이 된다.
너만 있으면 무엇이 부러우랴!
강렬한 입맞춤에 혀끝이 알큰하다.

서로 사랑하는데 남의 눈총이 두려우랴!
열렬한 입맞춤 끝에 바닥이 드러나면
너는 바닥에 눕고 비로소 나도 자유를 얻는다.

캬아! 좋다.
세상이 내 것이다.

탄식

꿈속 소꿉놀이 하냥 즐거운데
눈 뜨고 거울 보니 늦가을 서리 내렸구나.

자란 턱수염은 근심 어려 희끗하고
맑은 거울 속 모습은 어제와 다른데도
지난날의 나인 줄 아는 어리석음이여.
맑은 거울 탓할 가보냐.
젊은 날의 또 다른 내가 거울 밖에 있어
耳順의 몸에 弱冠의 그림자가 어룽거린다.

찬 서리가 흰 별빛처럼 머리 위에 내리면
들숨과 날숨만 데리고 뒤돌아서서
수정처럼 맑은 젊음을 찾아 떠나려 하니
아침에 먹는 한잔 술을 부질없다 하지 마오.
내일이면 나도 칠십인 것을.

오래된 벽지 위에
어지러운 쥐 오줌 같은 삶의 흔적들에
어제와 오늘이 어우러져 있다.

보릿고개

애야, 우지 마라. 배 꺼질라.
뻐꾸기 울음 따라 노랫소리 사라지면
어느새 나는 보리 이삭 일렁이는 황톳길에 서 있다.

보리순 잘라 죽 쒀 식량 늘리다가 장리쌀도 모자라
환한 저녁노을이 마을을 물들일 때
저녁연기 피어오르는 집이 한 집 두 집 줄어간다.

저승사자도 허기진 마른 봄
미아리고개가 한 많은 고개인 줄 잘 몰라도
보릿고개는 여느 고개보다 가파르고 한 많은 고개임을
안다.

보리 한 알 구할 수 없어
할 일 없이 아궁이에 불 지피며 맹물 데우는
엄니는 부황 든 어린놈 위해
보리 개떡도 사치스러워 입에 넣지 못하고
냉수 한 그릇 들이켜고 장독대에 앉아 울었다.

야삼경에 우는 소쩍새 울음은
애야, 뛰지 마라, 배 꺼질라,
엄니의 한 서린 피울음이다.

그리움

달빛에 스며드는 소쩍새 울음소리에
아린 마음을 움켜쥐고
황톳길을 밝히는 찔레꽃 따라가다 보면
가지에 돋아난 사월의 새순 끝에 묻어나는 그리움은
그대를 향해 뻗어 있습니다.

매일 밤 꿈속에서 수없이 걷던 길은
꿈 깨면 지나는 바람소리에 그리움만 묻어간다.

꽃이 피고
꽃이 남김없이 다 져서
꽃잎이 바람에 다 날려 갈 때까지 기다려도
그대는 소식 없어 그리움만 쌓여간다.

그대 생각에 깊어진 세월
떨어지는 꽃잎에 적어 보냈지만
그리움엔 길이 없어
여태껏 소식은 전해지지 않았나 보다.

그리움 2

재갈매기 하루 종일 하늘을 재다가
잘방잘방 물미역 감는 둑길.

그 한 끝에 주저앉아
텅 빈 영혼이 언제나 쉬어
허허로운 마음을 가득 채워갈 수 있는
섬처럼 포근한 사람이 빈 의자로 기다리면 좋겠다.

그런 사람 있었으면 좋겠다.

겨울나무

화려했던 삶을 뒤로하고 잎들을 떨구는 것은
더 아름다운 삶을 준비하기 위해서다.

하늘의 무게를 두 팔로 받들며
텅 빈 마음으로 하늘을 배우자.
알몸으로 얼음 밭에서 울며 삭풍을 안고 겨울을
견디자.

지금은 먼 훗날을 위해 이별을 할 때.
값진 것을 위해 모든 것을 바쳐야 할 때.
비워낸 마음으로 홀가분하게 기다리면
가지마다 무성한 축복이 내리겠지.

삶이란 매운 된바람 앞에 떠는 낙엽이다.
칼바람으로 질긴 허욕을 잘라내고
된바람으로 욕망을 가짜째 찍어내자.
뼛속 깊이 울어 지난 안일과 나태를 떨구자.

아픈 상처에 새살이 돋아나게
깎아낸 아픔으로 영혼을 살찌우자.

겨울 찻집에서

중앙 공원 능송화 길 따라온
바람을 달고 찻집에 들어섰다.
커피를 젓는 손은 빈 둥지를 닮아
하얀 겨울 숲 갈색 그늘을 담고 있었네.
문이 열릴 때마다 커피 향은 모로 누워 밀려나고
불빛을 따라 흔들리는 함박눈은 까맣게 떠돌다가
창가에 머문다.

커피 향을 머금은 음악은 잔잔히 흐르고
지긋이 눈감은 사내는 하얀 사념 위에 검은 커피를
붓는다.

빈 찻잔의 온기를 두 손으로 감싸 안고 바라보는
창밖에
까만 먼지처럼 바람 따라 내리는 눈송이가
어느새 찻잔 속에서 녹아 한 덩이 사념으로 머리에
앉아있다.

아침 이슬

풀잎에 맺혀 있는 투명한 작은 구슬에
푸른 하늘이 담겨있고 파아란 바람이 담겨있다.

풀잎에 맺혀 있는 투명한 작은 구슬에
넓고 푸른 바다가 출렁이고 있다.
아련한 그리움이 묻어 있다.

진주처럼 수놓은 알알이
뻐꾸기 울던 날 떠나버린 네가
별이 되어 맑은 영혼으로 담겨있다.

허수아비

나는
구멍 난 밀짚모자도,
누더기옷도 부끄럽지 않다.
한 가닥 남은 천마저 벗어 버리고 알몸으로 살아도
풍요로운 들판에 넉넉한 마음을 전할 수 있어
행복하다.

나는
새 각시,
새신랑이 부럽지 않다.
온몸 얼싸안고 붉은 저녁놀과 함께
정답게 황금 들판을 거닐 수 있어서 좋다.

나는
농부의 마음을 담고
너른 들판에 서서 바람을 벗 삼아
따가운 햇살을 견디며 농부들의 피땀을
알뜰히 걷을 수 있도록 하루를 살 수 있어 행복하다.

보름달

산을 딛고 올라서서 가쁜 숨 몰아쉬며
달뜬 웃음을 지어낸다.

"야호" 마음껏 소리쳐 보고
후련히 휘파람 길게 불어 활짝 웃으며
어슴푸른 하늘에 한 송이 백련화로 피어나다.

아프게 지고 가던 세월
어스무리 잠기어 가는 젖은 구름 낀 마음

그믐달이 쓸고 가던 골목길
울음 진 강물에 구겨진 나이를 풀어 씻고
백지 한 장 만큼 하얗게 씻으며 샛별을 기다린다.

도둑맞은 잠을 뒤척이다가
유리 벽 넘어온 네가 반가워
새벽녘 막걸리 한 사발로 하루를 연다.

제3부

비 오는 날

엄니가 돌아가신 그날 아침은 귀때기를 베어가게 추웠다.
방죽 논물 얼어 금가는 소리가 아침까지 산을 울렸고
방죽은 밤새워 운 누이 입술처럼 하얗게 부르텄었다.

어머니

배꽃 피던 그해 달빛은 유난히 창백했습니다.
당신께서 생전에 사랑했던 하얀 배꽃이
차가운 봄비에 떨어지듯
아무 말씀도 없이 눈을 감으시고
작은 흙담집을 봉긋이 짓고 이사하셨습니다.

네 칸 토담 초가집 닭장 옆에
고목이 되어 서 있는 배나무에 꽃은 피는데
당신의 자취는 찾을 수 없었습니다.

뻐꾸기 울음소리 산 넘어 오는 날
당신이 잠든 효경대 뜰에 배나무 한 그루 심었습니다.
나무가 자라 꽃이 피면 당신께서 꽃을 보러
오시겠지요.

새해 아침에

인생은 아름다운 것
환갑을 살아 나이테 하나 더 늘어나도
어제를 건너뛴 불덩이 새롭게 솟아올라
새해를 맞이하는 마음 한구석이
미묘하게 떨리는 것은 아직은 살아갈 날이 많기
때문이다.

인생을 아직 잘 모르지만
이순의 나이에 하늘의 순리를 따르고
너무 어렵게 생각하지 않고
무심하게 내일을 살아가리라.

두 손을 고이 모으고
해, 달, 별
그리고 보이지 않는 모든 것들에게 감사하며
살아가리라.

이별

무심코 바라본 수화기에
하얗게 서리가 서려 있다.

사랑과 미움 사이에
눈물은 파편처럼 여린 가슴에 박힌다.

옥돌처럼 묻혀있던 사랑은
희미론 연기되어 허공에 흩어진다.

물먹은 두 별 안에
오히려 너의 모습은 선명하게 떠오르고
물먹은 잉크는 그리움 되어 물안개로 피어오른다.

가버린 슬픔에 행복이 서러워
가로등 불빛만 외로이 흐느낀다.

비 오는 밤

비 오는 밤이면
추억 속에 묻어버린 그대 목소리가
우산 속에서 흐느낍니다.

추락의 아픔을 감수하며
머리가 닳도록 헹구어도 새벽은 멀어
상념마저 가라앉는 비 오는 밤에
그대 목소리를 빗물에 헹구어봅니다.

일렁이는 불빛 사이로
비틀거리는 가로등
까만 밤은 새벽에 닿지 않아
님을 볼 수 없어 여윈 가슴만 아리다.

노을에 서서

산모롱이 굽이돌아 오는 가을
오색 빛 더욱 깊다.

자연은 쉼 없이 꿈을 향해 달리는데
나는 노을 아래서 휘청거린다.

커피 향 따라 피어나는 추회
삶의 굴레에서 고단한 날갯짓으로
숨 가쁘게 달려온 시간.

바람에 날개마저 찢긴 텅 빈 무대.
얼마 남지 않은 미지를 향해 비상하려 날갯짓해본다.

제주바다에서

날 세운 해풍이 운다.
정착할 수 없어 내려놓지 못한 그리움이
마음을 베어내는 밤.

해우를 할퀴고 떠나는 바람에
등대의 불빛마저 흔들리고
설풍에 꽃이 지고
초승달은 얼굴에 어려 슬프다.

사랑의 기쁨과 아픔이 어우러져
노래가 되어 메아리로 되돌아오다
달빛 어린 포말 속으로 사라진다.

그대에게 보내고 싶은 내 마음.

흑장미 사랑

빗소리 들으며 키를 키우고
발자국 소리에 봉오리 맺네.

흑장미 짙은 향기에 뒤돌아보니
햇살 고운 창가에 기대고 섰네.

블랙커피 향기 속에 피어난 임아
지그시 눈을 감고 진한 향 음미하면
포개진 두 입술에 피어나는 붉은 사랑.

아내의 휴일

아내는 일 년 중 휴일이 없다.

엄마 오늘 바쁜데 애 좀 봐 줘.
할머니 안 와, 손주 놈 전화.
마음이 편하지 않게 일요일은 지나갔다.
몸은 고달픈데 손주 재롱 생각에
얼굴에는 함박꽃이 가득하다.

자식들 집 걱정
어리미친 생각에 아내의 휴일인
월요일도 그렇게 지나갔다.

쉬는 것이 쉬는 것이 아니다.
근심에 잠겨 한평생을 살아가는
아내의 휴일은 언제일까.

찔레꽃

청보리 웅성거리는 밭 둔덕
별빛을 모아 피어난 하얀 찔레꽃,
초경 치른 소녀처럼 청초하다.

동생 찾아 헤매다 죽은 찔레 영혼은
죽어도 못 잊어 꽃으로 피어나
날 찾아오라고 마른 바람에 향기 실어 보낸다.

수 없이 흘린 하얀 눈물은 흰 꽃으로 피어나고
아픈 상처 가시가 되었다.

봄나물 캐는 누이동생 닮은 찔레꽃은
수줍어 한 무더기 곱게 피어나
흐르는 도랑물 소리 자장가 삼아
오월 햇살 즐기며 졸고 있다.

장독대

해가 묵을수록 깊어지는 장맛
장독대에 들어서면
서리서리 풍기는 어매 냄새.

비바람 치는 날엔
먼 길 떠난 자식 생각에
밤잠 설치시던 어머니.

올해도 봉숭아는 늦지 않고
장독대 옆에
정갈히 단장하고 서 있습니다.

오랑캐꽃

찬바람에 굴러가 오랑캐 땅에 산다는 너는
댕기꼬리 속에 아픈 상처 감추고
잃어버린 갈매빛 꿈을 어둠에 묻어둔 채
烈女의 혼백으로 피어났구나.

얼음 진 골짜기로 가랑잎처럼 굴러가
오랑캐 장군 무서워 숨어 살다가
척박한 산기슭 바위틈에 두려워 떨며
애처롭게 피어난 보랏빛 꽃.

고깔 눌러 하늘 가리고
바람에 흔들리는 가녀린 몸
잔잔하게 떨리는 애끓는 기도소리에
달빛마저 서러워 흐느껴 운다.

수줍은 미소로 쌓인 눈 녹여내어
흐르는 시냇물에 조찰이 몸을 씻고
서럽게 흐느껴 우는 영혼이 향기로 살아나
맑은 눈망울 들어 별 밭에 흩어진 옛이야기 찾는다.

식사 시간

아름다운 玉 식탁 위
흰밥과 된장 한 덩이 청양 고추 두어 개
덩그렇게 놓여 있는 빈 의자 바라보며
쓸쓸히 음식을 마주한다.

식욕은 횟배를 앓듯 꾸물거리고
허전한 마음으로 베어 문 고추의 독한 향은
아린 설움으로 아픈 삶을 달랜다.

매미 울음은 새파란 설움으로
맑은 냉수 사발 속으로 내려앉는다.
남은 막걸리 한 사발 털어 넣고
찬 음식들이 하나 둘 사라질 때
취한 달이 비틀대며 숨 가쁘게 찾아온다.

매운 고추 사라지면
고추 향 따라 사랑도 미움도 스러지면
넓은 하늘이 마음에 자리 잡는다.

단골 술집

오래된 술집에 가면
흐린 불빛 아래
삶의 상처들이 웅어리진 불협화음 같은
쥐 오줌에 절은 낙서들이
취기 어린 벽 위에서 화색이 돈다.

큰 가슴 단 젊은 여자의 술 광고를 바라보고
여배우 젖가슴만 한 싱싱한 상춧잎에 리플 달린
푸짐한 안주들
꼬물대는 낙지발 옹골차게 씹으면
기름장과 어우러진 바다향이 가득하다.

토막토막 칼 맞은 詩들이 벼랑 끝에서 살아날 때,
목울대 적시는 술 향이 짜릿하다,
삶이란 아우성치며 살아있어야 제맛이라고
벽 위에 아무렇게나 두고 간 아픈 토막말처럼
행간 밑에 복잡하게 헝클어진 삶의 가락을 내려놓는다.

새해 아침에

인생은 아름다운 것
환갑을 살아 나이테 하나 더 늘어나도
어제를 건너뛴 불덩이 새롭게 솟아올라
새해를 맞이하는 마음 한구석이 미묘하게 떨리는 것은
아직은 살아갈 날이 많기 때문이다.

인생을 아직 잘 모르지만
이순의 나이에 하늘의 순리를 따르고
너무 어렵게 생각하지 않고 무심하게 내일을
살아가리라.

두 손을 고이 모으고
해, 달, 별
그리고 보이지 않는 모든 것들에게 감사하며
살아가리라.

닭 울음소리

앞뜰에 빠알간 감이 감나무에 매달려 웅크린 채
겨울을 나고 있다.
한쪽이 죽은 스무날 달이 떠오른다.

엄니가 돌아가신 그날 아침은 귀때기를 베어가게
추웠다.
방죽 논물 얼어 금가는 소리가 아침까지 산을 울렸고
방죽은 밤새워 운 누이 입술처럼 하얗게 부르텄었다.

달빛은 허물어진 담처럼 지붕 위에서 추하게 누워있다.
외풍으로 코끝이 차다. 돌아눕는다.
내 방은 그렇게 달빛으로 돌아누우며 코끝이 얼어가는
방이었다.
책장에 꽂힌 시집들도 추위에 죽은 듯이 조용하다.

달이 지려면 멀었다.
젯날 오신 엄니는 기침을 하시며
뒷산을 오르시다가, 달빛 아래 돌아다본다.

닭이 운다.

"이눔아, 엄니 죽으면 산에 갔다 버리면 그만이여"

엄니의 볼멘소리.

단원고 학생 영전에

꿈이 아니었구나!

찬란한 봄에 싱싱하던 꽃송이가
짠 소금물을 절어 시든 것이
성장을 위한 잠깐의 아픔인 줄 알았지.

4월은 역시 잔인한 계절이었다.
봄의 축제는 꽃잎이 떨어져 슬프게 끝났다.

차갑고 어두운 바다가 싫어서
따듯한 곳을 찾아 희미론 연기로 오르다
흐느끼는 노란 나비 물결에 몸을 실었다.

저편 바닷가에 가족이 있어서
아버지!
어머니!
소리쳐 불러보건만 목소리는 허공을 비켜 흐르고
노오란 리본만 바람에 날리는구나.

너희를 가슴에 묻고 싶지 않구나!

잘 다녀왔다 말 한마디 들려다오
말썽 많은 아들이라도 좋다.
투정 많은 딸이라도 좋단다.
돌아와서 그냥 돌아와서 웃으며 눈물을 닦아다오.
낡은 교복을 빨고 낡은 운동화를 빨던 기쁨을
앗아가지 말아다오.

하늘도 슬퍼서 눈동자를 붉게 물들이고
바다도 저무는 서산 해를 원망하듯 붉게 물들고
봄꽃 향기에 숨 멎는 오늘
얼마나 기막히고 아름다운 밤이냐!

벵골만 수도 참사

금속처럼 차게 빛나는 바지선 불빛이
자식 잃어 쪼그려 앉은 엄마를 지키고 있다.
인상착의 발표가 날 때마다 이불귀를 깨물며 엄마는
차례를 기다렸다.

선장 1호 팬티 차림으로 탈출, 가만있으라는 안내 방송
제대로 고정 안 된 과적 화물 소식이 물보라처럼
하얗게 까뒤집힐 때
속으로 죽여 울던 진성이 엄마는 신문지를 주먹으로
내리치며 통곡했다.
거기에는 이준석 선장 얼굴이 있었다.

O.K 사인을 하며 맹골수도 사이로 뛰어든 해경
잠수사들은 기도했다.
"우리는 절대 포기하지 않으마. 아저씨 따라 손잡고
나가자."
두 손을 모아 쥐고 물속 아이들에게 쉼 없이 말을
걸었다.

주검은 188, 돌아오지 못한 영혼 114
고통스런 이별을 준비하지 못한 열이틀째
엄마는 간이침대에 누워 눈만 껌뻑거렸다.

안개가 낀 듯 어슴푸레한 기억 속에 조각난 장면만
엄마의 머릿속에 잠들어 있다.

신문 속 선장 얼굴을 치던 엄마의 시퍼렇게 멍든 마음
누가 그 슬픔을 쓸 수 있을까?

조선일보 신문 기사를 보고

억새꽃

하늘과 맞닿은 8부 능선 고지.
소리 없는 하얀 울음으로
세월에 불타 닳아버린 삶 위에 고단한 몸을 뉘었다.

초록의 꿈을 여윈 산은 비어가고
지나는 바람 따라 먼 산을 바라보다
고개를 숙이고 울음을 삭인다.

산정을 할퀴는 울음 끝에
바위 끝에 앉은 흰 구름을 바라보다가
마른 바람에 가녀린 몸 내맡긴 채
울음 끝에 묻어나는 비명을 안으로 안으로 삼킨다.

초록의 향연을 잃어버린
닳아버린 삶의 뒤안길에서 하얀 손을 저으며
그리움을 지상의 별자리로 남기고
새 아침을 열기 위해 하얀 미소를 짓는다.

독도

엄니 곁을 떠나 동해 건너 험지로 시집을 와서
바람과 파도와 힘겨루기 오랜 세월.
많은 자식들을 낳아 기르고 품에 안고 살아도
칼바람 큰 파랑 시집살이에 눈물로 지새운다
갈 수 없는 친정 소식은 더욱 서러워라.

바람이 전해주는 엄니 향기가 코끝에 젖어오면
까치 발 들고 서녘을 바라보는 가슴은 사뭇 저리다.

친정 소식에 애타는 우리 막내둥이.

소래산 풍경

소나기 한 보지락 내린 뒤
내리는 햇살 넉넉히 끊어서 주욱 펼쳐 놓고
바위 옆에 소나무 몇 그루 그려놓고, 상쾌한 바람을
풀숲 사이사이 숨겨놓고 박새 몇 마리쯤 인심도 쓰고
온갖 풀포기 잔챙이 나무 그려 넣고 청설모 다람쥐 몇
마리쯤 잡아넣고
개굴개굴 개구리 울음소리도 집어넣고 등산객 발꿈치
연달아 찍어 놓고
떠도는 흰 구름은 소나무에 널어놓고 소래산에 오르면
어느덧 북악산이
이마에 닿아있다.

제4부

새벽 풍경

그림자 길게 끌며 느릿하게 석양이 걸어오면
외줄기 저녁연기 고향 찾아 먼 길 떠난다.
모닥불 연기 속에 멍석을 깔아 놓고
수세비에 배어난 어머니 정성
머얼건 국물 속에 보름달 떠 있다.

활어회

펄펄 뛰는 바다를 사 왔다.

파도가 수족관에서 팔딱팔딱 뛴다.
지느러미 파닥거리는 파도를 칼질해
무채 제단을 쌓고 푸른 융단을 깔아
엄숙히 진행되는 제 의식 속에 젓가락 난타 가락
침샘에 파도가 일고 바다향이 뒤섞이면
입안에 싱싱한 바다가 열린다.

굿거리장단 따라 어깨춤이 신명난다.

아내 2

새색시 맑은 눈망울에
천사가 들어 있었다.

어설프게 그린 밑그림 위에
이마를 맞댄 채 새로운 삶을 수놓고
푸른 세월 하루 같이 희망을 덧칠했던
맑은 눈망울에 뭉게구름이 떠돌았다.

밤사이 지었던 집 헐어버리고
다른 꿈 그리던 눈망울은
언제나 초롱이 빛나던 별이었다.

세월이 갉아먹어 생각마저 무너져 내리고
삶의 무게가 어깨 위로 내려앉을 때에도
안개 속을 수놓은 발자국에는 미소가 살아 있었다.

이제는
삶의 뒤안길에서
추회를 조각조각 기워가는
아내의 맑은 눈망울에
어느새 賢子가 들어 있다.

한가위

열나흘 박 한 덩이 밤새 산고 겪더니
십오야 밝은 달을 하늘에 걸었구나.

그림자 길게 끌며 느릿하게 석양이 걸어오면
외줄기 저녁연기 고향 찾아 먼 길 떠난다.
모닥불 연기 속에 멍석을 깔아 놓고
수제비에 배어난 어머니 정성
머얼건 국물 속에 보름달 떠 있다.

갓 담은 열무김치 엄니 솜씨 익어
달을 툭 털어 입에 담으면
두레반 위에 피어나는 정겨운 이야기꽃.

새벽 풍경

차창 밖에 겨울바람이 흐느낀다.
차단한 새벽 공기가 창끝처럼 날카롭다.
처진 어깨 긴 한숨이 차창에 걸려있다.

희망 잃은 차창에 걸린 북어 같은 군상들.
바라보는 차창 밖 어스름한 공기 속에
낯선 풍경만 어둠 속에 졸고 있다.

버거운 멍에를 어깨에 짊어 메고
흔들리는 의자에 몸을 맡긴 채
밀려오는 졸음에 피곤한 몸을 맡기고 짧은 행복에
젖는다.

비어있는 내장을 소금으로 절인 채
아련하게 들려오는 아이들의 웃음소리에
꿈속에서 희망의 쟁기질을 하고 있다.

비

먹구름 등에 업고
새벽부터 비를 뿌렸다.

가녀린 몸짓으로
비바람은 잠 곁으로 다가오고
고샅을 파고드는 바람이 청량하다.

새벽녘 귓가를 간지리는 앙증맞은 목소리
여섯 살 박이 손녀의 목소리처럼 촉촉하다.

하루

헛간에 널브러진 농기구에
하루를 내려놓고

턱밑까지 차오른 보릿고개를
막걸리 삼아 붉은 노을로 허기를 달랬다.

멀건 국물에 끈기 없이 떠 있는 수제비
향긋한 오이소박이 갓 담은 열무김치
숨이 멎듯 주린 창자 채우고
독한 고추 베어 물면 하루가 서럽다.

힘겹게 삐걱이는 우마차 바퀴처럼
서러운 하루를 시침에 매단 채
조롱박 맑은 물에 내려앉은 별 사탕을
한 움큼 입속에 넣고 오물거렸다.

쑥 연기 모기 따라 이리저리 몸 흔들고
산모롱이 돌아온 달은 비틀거리며 꿈속을 헤맨다.

삶이 참 맵다.

아들이 태어난 날

3월 20일(음 2월 5일)
내 삶에 방점을 찍은 날.

손이 없어 마침표를 찍는 줄 알았는데
8대 독자가 태어나다.

서해 바다

하루 물길에 실려 내려간 모래톱에
늙은 아비 주름을 새기고

부른 배를 내밀고 앉은 둔덕은
몰아오는 물살에 추억을 재운다.

하늘 끝으로 유성처럼 사라진 과거를
파도가 몰려와 갯벌을 뒤적이고

갈매기 울음소리 여운만 남는 오후
바람은 바다를 한 장 한 장 넘기며 간다.

서해 바다 2

서해 바다는
내 오랜 친구다.

갯벌에서 묻어나는 바다 내음새.
제 몸을 다 내어준 조개들이 만든 조개무지를
파도는 하얀 손길로 어루만진다.

물이랑 위로 불이 붙어 금빛 일렁일 때쯤
밀물처럼 몰려왔던 사람들이 썰물처럼 떠나간다.

나는 가슴을 열어 바다를 담고
해원을 향해 뜨거운 열망을 파닥인다.

추억

부엌의 불빛은
어머니의 무릎처럼 따뜻하다.

자작자작 잦아드는 구수한 밥 향기
된장찌개 보글보글 끓는 소리

흐릿한 호롱불 빛을
멍멍이는 다정히 핥는다.

영창으로
별들은 쏟아져 들어오고
눈에 졸음을 가득 담은 아이는
숙제에 열중이다.

등유가 된 어머니의 눈물은
등불이 되어 밤새 깜박이고
인기척에 귀 쫑끗 세운 개가 짖어대는
여름밤.

세월의 무게

그림자를 밟는다.
비명조차 지르지 못하는
노을 젖은 등이 슬프다.

등을 두드리는 바람의 손길에 돌아보니
포근한 바람이 부는 날보다
너덜바위와 된바람에 얼음 깔린 길이 많았다.

아직 걸어야 할 길이 멀다.
힘겹게 날품을 팔며
가지 못한 길을 한 뼘 한 뼘 지우며 가자.

얼음으로 짜인 삶은 탄력을 잃어가고
길 위에 놓인 파리한 그림자 위를 목쉰 바람이
밟고 가도
서러움이 머문 길을 뒤로하며
여명이 올 때까지 한 걸음 한 걸음 내딛자.

그러면,
태양이 산 넘어 어둠의 빗장을 열고 떠오르겠지.

아직은 어둠일지라도
열심히 산경을 하자.

오일장

고향의 오일장은 흥겹다.
어릴 적 못난 놈들 얼굴 보는 것도 즐겁다.
빈속에 차가운 소주 한잔 부어 마시며
친구는 하나 둘 추억을 끄집어낸다.

엿장수 품바타령에
발장단도 쳐보고
술집 이모 하소연도 들어가면서
차가운 소주를 들이붓는다.

어느새 기나긴 봄날 하루가
저물어 알큰하게 취한 입에
깍두기 한 입 베어 물고
서리태 한 되 사들고 절뚝이는 파장 길을 나선다.

환한 달빛이 참 곱다.

향기를 퍼트리자

넓은 중동 벌
파아란 가을 하늘
빠알간 고추잠자리
등 토닥이며 지나는 갈색 바람이
이렇게 좋을 줄이야.

조상의 음우로
우리의 정은 살지고
고향 들녘은 가염 열어
나누는 인정이 풍요롭다.

질박한 토지에 뿌리내려
색 바랜 잔디가 초록빛 봄을 품고 겨울을 나듯
우리도 초록빛 꿈을 꾸어보자.

황소가
금빛 게으른 울음 우는 터전에
너,
나
우리가 하나가 되어
사랑의 향기를 퍼트리자.

빨간 카네이션에 담은 편지

마음에서 늘 기도로 사시는 당신에게
저는 철부지 아이와 같은 작은 풀꽃입니다.

당신의 손길이 여린 꽃송이에 머무시는 동안
당신께 다하지 못한 회한은 뜨거운 눈물이 되어
여린 꽃잎 사이로 흘러내립니다.

당신은 기름진 흙 속에 꽃씨를 뿌리시고
눈물로 별을 심어 마음으로 여린 싹을 키우신 뒤
한줄기 바람이 되어 떠나셨지요.

내가 망망대해에서 길을 잃을 때
한 줄기 등대 빛이 되어 주시던 아버지.
내가 황폐한 들판에서 바람에 흔들릴 때
아늑한 숲이 되어 주시던 어머니.

뜨거운 가슴으로 안아
뜨거운 눈물로 키워 내신 여리던 꽃송이가
이제는 耳順되어 서럽습니다.
당신께서 사시다 간 知天命, 당신께서 사시다 간 古稀
바람으로 사시다 간 세월이 서럽습니다.

오늘은 어버이날
당신의 혼백 앞에 머물러 있습니다.
당신을 담은 하얀 백자 항아리 앞에
붉은 가슴앓이 한 송이 가슴에 달아 드립니다.

불효를 용서하세요.
耳順이 서러워 우는 아들은
애끓는 목소리마저 비켜 가는
도솔천 흘러 갈 수 없는 당신이 머무시는 곳으로
마음 담은 빨간 카네이션 한 송이 편지로 띄웁니다.

타향 같은 고향

열두 발 상모가 하늘을 수놓고
농악패 풍물소리 흥겹게 울리던 대보름.
양지바른 마당에 깔린 멍석에는
네 자루 윷가락이 허공을 가른다.

널뛰는 처녀들의 솟아오른 웃음소리
담장 위로 빠꼼히 고개를 내민다.

재수 굿 풍물소리 일 년 기원 다 끝나면
막걸리 웃음소리가 흥청거렸다.

서낭당 고갯마루 달맞이하러
노총각 소원 담아 만든 달집은
서러운 눈물에 흥건히 젖어있었다.

닭서리, 밥 서리, 막걸리 서리
인심은 호롱불 침침한 토방에 웃음으로 벙글었다.

달빛이 좋아 달에 끌려 달려온 고향
토방 사랑에는 정적만 어둠 속에 잠들어 있고
낯설은 풍경만 눈에 걸려있다.

그리움 3

소나기 울다 떠난 자리
햇살이 지펴 놓은 꽃노을은 땅거미에 젖어가고
하룻길 품 팔아 오시는 님 반가이 맞아
달맞이꽃은 고운 눈매에 웃음 짓는다.

더위 먹은 박은 울담을 타고 지붕을 베고 누워
무더위 갉아 먹으며 살을 찌운다.
고단한 하루를 멍석 위에 내려놓고
수제비 그릇에 별들이 들어앉는다.

도란도란 피어나는 이야기가 모깃불에 타들어 가는
여름밤.

어머니 2

어머니 발치에
민들레꽃 피었다.

곱게 빗은 하얀 머리로
도솔천 건너가시더니
앞산 골짜기에 뻐꾸기 우는 날
노랗게 염색하시고 봄소식 전하시네.
바람결 지나는 헛간 구석에서
어머니 부르시던 노랫소리에
씨감자도 눈을 반짝 뜨고 있다.

봄비 내리는 새벽

차갑게 내리는 봄비에
여린 가지 닢닢이 울고
연못에 바람이 불어
지문처럼 물결이 번진다.
창을 열고 쓸쓸히 봄비를 바라보는데
오마는 님은 없어 찬비에 마음만 젖는다.

화채 한 그릇

타는 듯 불가마 속에
수박 화채 한 그릇에 입 안에 감도는 짜릿한 행복.
한여름 더위는 냉큼 물러앉는다.

쏟아지는 폭염 속에
몸도 마음도 뜨겁게 타오를 때
화채 한 그릇이 있어 행복하다.

추억

동여맨 시간을 풀어놓으니
움츠린 시간 뒤에 숨은 그리움.

풀어 놓은
시간 속에 얼굴을 파묻힌
지난날의 파편들이 방울방울 솟아오른다.

엄니의 눈물은 기름이 되어
납작한 접시에 불빛을 내려놓고
방 한 켠을 어슴푸레 밝히면
엄니는 바느질로 동짓달을 솔솔이 붙여내고
나는 코끝에 그으름을 얹은 채 밤을 새운다.

불꽃이 어둠을 태우는 밤
삽살이가 삼킨 마지막 불빛을
하늘에 토하면 아름다운 샛별이 된다.

기다림 끝에 묻어나는 그리움은
하루를 못 본 서러움이 되어
새벽녘 샛별로 뜬다.

해빙기

시베리아 시린 바람이 불어오는
겨울 강가에 서서 가슴을 치며 운다.

우렁찬 함성에
우리 집 축대보다 쉽게
지구 저편 장벽이 무너지는 것을
바라만 보는 부러움과 시새움.

날아오는 탄도 미사일
광기 어린 비난, 핵보유국 발언
불어오는 된바람에 겨울 강은 아프다.

얼음장 밑으로 물은 흐른다.
얼음 바다에 봄바람 부는 날
강 언덕에는 민들레 한 무더기 피어나겠지.

갑오년을 맞이하여

원미산은 산고 끝에 자궁을 열고
불덩이 하나 토해내고 가쁘게 숨을 몰아쉰다.

솟아라, 청마야!
불덩이에 해묵은 찌꺼기를
몽땅 불 살라라.

솟아라, 청마야,
너를 타고 내일을 향해
솟아오르리.

차 한 잔을 나누고 싶은 사람

찬바람이
옷깃을 여미게 하는 날이면
안부를 묻고 싶은 사람이 있습니다.

마알간 햇살이
창가에 스치는 날이면
사랑을 이야기하고 싶어지는 사람이 있습니다.

낙엽이
무릎 위로 떨어지면
만나고 싶어지는 사람이 있습니다.

가을비가
소리 없이 내리는 날
빈 의자에 앉아 젖은 낙엽을 바라보며 옛사랑을
더듬고 싶습니다.

아무런 까닭 없이
마음에 찬 바람이 부는 날이면
국화 향을 함께 나누고 싶은 사람이 있습니다.

어둠이 까맣게 내려 살갖에 스미는 시간이면
그리움을 전하고 싶은 사람이 있습니다.

오늘처럼
옷깃을 여미는 날이면.

아내

최유식 지음

발행처   도서출판 **청어**
발행인   이영철
영업   이동호
홍보   천성래
기획   남기환
편집   방세화
디자인   이수빈 | 김영은
제작이사 공병한
인쇄   두리터

등록   1999년 5월 3일
         (제321-3210000251001999000063호)

1판 1쇄 발행 2023년 10월 30일

주소   서울특별시 서초구 남부순환로 364길 8-15 동일빌딩 2층
대표전화 02-586-0477
팩시밀리 0303-0942-0478
홈페이지 www.chungeobook.com
E-mail   ppi20@hanmail.net

ISBN   979-11-6855-198-5(03810)

본 시집의 구성 및 맞춤법, 띄어쓰기는 작가의 의도에 따랐습니다.